GUÍA DE LECTURA

Escrita por Natacha Cerf
Traducida por Clara Raposo Romero

Las uvas de la ira

de John Steinbeck

Resumen
Express.com

Entiende fácilmente la literatura con

Resumen Express.com

www.resumenexpress.com

JOHN STEINBECK   1

Escritor americano

LAS UVAS DE LA IRA   2

Una novela revolucionaria

RESUMEN   3

El final de la aparcería
Una propaganda engañosa
El campamento del gobierno
La revuelta

LOS PERSONAJES   8

Ma
Rose de Saron o Rosasharn
Tom

CLAVES DE LECTURA   11

Un contexto histórico difícil
Referencias filosóficas

PISTAS PARA LA REFLEXIÓN   21

Algunas preguntas para profundizar en su reflexión…

PARA IR MÁS ALLÁ   23

JOHN STEINBECK

ESCRITOR AMERICANO

- **Nacido en 1902 en Salinas, California (Estados Unidos)**
- **Fallecido en 1968 en Nueva York (Estados Unidos)**
- **Algunas de sus obras:**
  - *De ratones y hombres* (1937), novela
  - *Las uvas de la ira* (1939), novela
  - *Al este del Edén* (1952), novela

John Steinbeck (1902-1968) fue un escritor americano cuyas novelas (*De ratones y hombres*, 1937; *Las uvas de la ira*, 1938; *Al este del Edén*, 1952, etc.) tienen un punto en común: el anclaje de la historia en su California natal y las difíciles condiciones de vida de la población rural. Fue reportero del *International Herald Tribune* durante la Segunda Guerra Mundial y recibió el Premio Nobel de Literatura en 1962. Algunas de sus novelas se han llevado al cine y han contribuido a aumentar su popularidad.

LAS UVAS DE LA IRA

UNA NOVELA REVOLUCIONARIA

- **Género**: novela
- **Edición de referencia**: Steinbeck, John. 1963. *Las uvas de la ira*. Traducido por Hernán Guerra Canévaro. Barcelona: Editorial Planeta
- **Primera edición**: 1939
- **Temas principales**: hambre, miseria, solidaridad, emigración, rebelión, trabajo.

Las uvas de la ira, novela publicada en 1939, se desarrolla en Estados Unidos durante la crisis de 1929, en la que los granjeros resultaron particularmente afectados. La novela retrata la historia de una familia de aparceros humildes, los Joad, obligados a dejar Oklahoma y sus tierras debido a las desastrosas condiciones climáticas, al Crac de la bolsa del 29 y a la industrialización de la agricultura. Se ponen en camino hacia California, con la esperanza de encontrar allí tierras y trabajo. Los Joad y otros miles de okies (nativos de Oklahoma) sólo encuentran en el Oeste la hostilidad de los autóctonos, la miseria y el hambre. A pesar de todo, no cejan en su empeño y consiguen salir adelante ayudándose los unos a los otros.

EL FINAL DE LA APARCERÍA

En un baile, Tom Joad mató a un hombre tras una borrachera. Cuando lo liberan por buena conducta, decide ir al encuentro de su padre, cultivador de maíz, y de su familia: sus abuelos, Ma, Al, Noah, Rose de Saron, Winfield y Ruthie. Hace el viaje con el pastor Casy. Una vez allí, los dos hombres se cruzan con los representantes de los propietarios que habían venido para anunciar el final de la aparcería (modo de explotación agrícola en el cual el propietario de una finca rústica encarga la explotación de las tierras a los aparceros, que se comprometen a cultivarlas y a compartir la cosecha con él) y la implantación del tractor que equivalía, en rendimiento, a una docena de familias. Debido a una decisión del banco, los aparceros están obligados a marcharse. Los encargados de las máquinas han recibido incluso la orden de derribar las casas a su paso para asegurarse de que los ocupantes se fueran.

Cuando Tom ve a su familia en la casa del tío John, su padre le anuncia que todos se marchan a California. Esta región tiene fama de acoger a los aparceros que han sido expulsados de su propiedad. El trabajo caerá del cielo y todo será estupendo:

> «Aquí hemos pasado momentos muy difíciles. Por supuesto que allí todo sería diferente..., bastante trabajo, y todo es hermoso y verde, y hay casitas blancas rodeadas de naranjos» (Steinbeck 1963, 139).

Lo que no saben en ese momento es que, aunque la comarca sea maravillosa, los aparceros no tienen permitido quedarse con nada de la cosecha y ni siquiera pasar un rato en sus casas. Para poder macharse, la familia tiene que vender todos sus muebles y posesiones a precios ridículos para poder permitirse comprar un camión. El pastor Casy los acompaña, aun cuando su presencia conlleva alimentar otra boca más e ir más apretados en el camión. Sin embargo, los Joad no tienen por costumbre rechazar a un huésped.

UNA PROPAGANDA ENGAÑOSA

La carretera hacia California parece difícil por el calor, la falta de agua y el mal estado del camión. Al final resulta fatal para el abuelo, que muere por la conmoción de abandonar su tierra. Durante el camino, los Joad se encuentran con los Wilson y deciden hacer el viaje juntos para ayudarse mutuamente.

Pero durante el camino conocen a varios hombres que vuelven de California y les cuentan que en realidad no hay trabajo en el Oeste: no hay tierras que trabajar, los propietarios se aferran a ellas con fervor y tienen miedo de que los extranjeros les roben el trabajo. Allí las mujeres y los niños del Este se mueren de hambre, y los hombres, amenazados continuamente por las autoridades locales, infunden temor y odio. Los folletos repartidos en el este son una estafa ejecutada para atraer a la gente, robarle todos sus bienes y explotarla.

En un campamento, Tom habla con un expatriado que le explica por qué se enviaron estos folletos: para evitar que la cosecha se estropee, hay que recoger los frutos lo más rápido posible, y para ello se necesitan, al menos, tres mil personas. Pero hay seis mil dispuestas a matarse y a aceptar condiciones precarias con tal de tener un trabajo. Con tanta mano de obra, la recogida se termina rápidamente.

Ante esta situación, Noah se niega a seguir viajando y se detiene en la orilla de un río. Además, la mujer de Wilson está enferma y demasiado débil para continuar, lo que les obliga a separarse. Además, la abuela fallece.

Poco después, unos hombres llegan al campamento de parte del granjero Tulare para contratar a gente. Floyd, un hombre del campamento, exige que a un número concreto de empleados se les pague un salario fijo por adelantado. En definitiva, lo que reclaman son mejores condiciones de trabajo. Sin embargo, tras esta reivindicación, cuando el sherif trataba de frenar una posible revuelta, sale del coche y lo detiene inventándose una excusa. Las amenazas se suceden una tras otra: si los hombres no van a trabajar, el campo arderá. Floyd consigue desatarse, golpea a los hombres y huye. Cuatro individuos armados llegan en ayuda del sherif. Casy se declara culpable de la pelea para proteger a los suyos y lo detienen.

EL CAMPAMENTO DEL GOBIERNO

Connie, el padre del niño que espera Rose de Saron, abandona a su familia mientras que los Joad se lanzan de nuevo a la carretera con la esperanza de encontrar una oportunidad en un campamento establecido por el gobierno. Allí, los rumores se hacen realidad: por fin se contratan a los trabajadores como seres humanos. Los mismos residentes dirigen y gestionan el campamento y los policías tienen prohibida la entrada.

Pero las autoridades están buscando a hombres para crear un motín dentro del campamento y así, con la excusa de que los trabajadores son incapaces de autogestionarse, tener el pretexto para permitir la entrada de la policía. Su prioridad es cerrar estos campamentos en los que se respetan a los okies, ya que los hombres que recuperan su dignidad representan un peligro.

La falta de trabajo en la región obliga a los Joad a abandonar finalmente aquellas tierras. Vuelven a la carretera y lo intentan en la recolecta de melocotones en la granja de los Hooper. Una vez allí, observan que las barracas están sucias y que los productos que se venden en las tiendas son demasiado caros. No obstante, no les queda elección y acaban instalándose allí.

LA REVUELTA

Tom, intrigado por el gran número de guardias que hay fuera del campamento, decide dar un paseo y buscar a Casy. Éste y otros hombres están en huelga para luchar por un salario digno. Durante la discusión, una serie de hombres armados llegan y atacan a los huelguistas a los que insultan llamándolos «rojos de mierda». La situación empeora y uno de ellos golpea a Casy violentamente, que muere por las heridas. Tom deja inconsciente a un guardia, pero a él también lo agreden, volviendo a casa con la nariz rota y la cara repleta de magulladuras. Obligado a esconderse, la familia

Joad decide marcharse.

Poco después encuentran trabajo en el algodón donde las condiciones no son demasiado malas. Hay vagones para alojarse y pueden comer todos los días a base de carne. Sin embargo, quedarse allí es demasiado peligroso para Tom, al que la policía busca activamente por toda la región, y dado que Ruthie ha revelado el crimen, se ve obligado a marcharse de nuevo, contemplando la posibilidad de unirse a la lucha de Casy.

Las lluvias azotan la región sin cesar. Las tiendas de los inmigrantes quedan inundadas y la tormenta obliga a las familias a marcharse a la ciudad. Estas hordas de hambrientos despiertan la compasión de los ciudadanos, pero pronto esta compasión dejará paso al miedo y al odio. La falta de alimentos conduce a los okies a estar dispuestos a perder toda su dignidad, a robar y a mentir por algo que llevarse a la boca. El miedo de morir se transforma en cólera.

Rose de Saron da a luz a un niño muerto. La lluvia no da tregua y el nivel de agua aumenta, corriendo el riesgo de que el vagón sea arrastrado por el agua. La huida se hace urgente, pero Al decide quedarse con los Wainwright junto a su hija Aggie, que conoció durante su estancia allí y con la que espera casarse. Ma, Pa, tío John, Rose de Saron y los niños dan con un granero donde resguardarse, en el que ya han encontrado refugio un hombre y su hijo. El hombre agoniza debido al hambre. Con una señal de Ma, Rose de Saron comprende que su madre quiere que le dé el pecho al hombre hambriento. La dejan sola y la mujer procede a ello, con una sonrisa en los labios.

LOS PERSONAJES

MA

La madre no tiene nombre y se revela desde el principio como un personaje dotado de una fuerte personalidad y de una inmensa bondad. Ma Joad es indestructible, valiente y tenaz, tal y como lo demuestra en el episodio de la muerte de la abuela: se queda sola al lado del cadáver durante toda la noche sin decirle nada a nadie por miedo de que la muerte fuera a comprometer el viaje. Sabe guardar silencio cuando es conveniente y mantener la compostura para proteger a los suyos. Y, por ello, también puede mostrarse violenta, como aquella ocasión en que, valiéndose de una manivela, amenazó a su marido para impedir que la familia se separara (Tom y Casy quieren dejar a los otros que prosigan el viaje debido a una avería para encontrarse con ellos más tarde en California). En este episodio Ma manifiesta un carácter y una autoridad intransigentes. Por otro lado, su carácter recatado le impide mostrar sus emociones, por el bien de su familia de nuevo. Ma cree en la dignidad de los Joad: en el campamento del gobierno, está pendiente de que todos estén de punta en blanco para la visita del comité de mujeres.

Steinbeck nos describe a una madre arquetipo que garantiza los valores ancestrales y aparece como la guardiana protectora del hogar y del núcleo familiar. No obstante, Ma Joad reconoce los límites de su papel, asegurar la subsistencia cotidiana, cuando afirma: «Eso es cuanto puedo hacer –prosiguió–. No puedo hacer más. Todo lo demás se embrollaría si yo pensase en otras cosas» (Steinbeck 1963, 157).

Pero garantiza igualmente la subsistencia espiritual oponiéndose a su familia, que no desea que el pastor Casy los acompañe debido al poco espacio y a la escasez de víveres, aunque ella piensa que un pastor siempre es de ayuda. Ma encarna del mismo modo una cierta sabiduría.

ROSE DE SARON O ROSASHARN

El origen de su nombre procede del Cantar de los cantares: «Soy un narciso de la llanura (Rose of Sharon), una rosa de los valles.» (Steinbeck 1963, 1). Rose es la encarnación de la maternidad. Es rubia, su figura es dulce y rellena, y su cuerpo es voluptuoso. De lo único que se preocupa es del niño que lleva en su vientre. Todos los acontecimientos exteriores los interpreta como señales: la muerte brutal del perro de la familia vuelve a ella una y otra vez, interpretándola como la muerte de su hijo. Con frecuencia se muestra pueril e ingenua, como por ejemplo cuando Connie se va y ella cree que ha ido a buscar libros para estudiar. Por otro lado, es una persona temerosa y muy cerrada en sí misma. Se queja sin parar. A pesar de todo, al final de la novela adquiere una cierta nobleza.

TOM

Es el hijo pródigo, pero también el más frágil. Tom ya ha matado a un hombre y lo condenaron a siete años de prisión, pero lo liberaron después de cuatro años por buen comportamiento. Su situación al margen de la ley se vuelve un peligro para su familia. De hecho, su libertad condicional no le permite cruzar la frontera. Además, Tom, que es el que menos soporta las humillaciones y las injusticias, sobrepasa con frecuencia los límites de las autoridades sociales. Nada es más importante para él que su propia dignidad y, sin embargo, los sherifs tratan de quitársela. El homicidio del asesino de Casy lo condena finalmente a la clandestinidad.

Sus discursos son interesantes y con frecuencia retoma las palabras del antiguo pastor adoptando una visión panteísta del mundo, gobernado por un alma suprema: existe una gran alma que todos compartimos. Este misticismo le ayuda a seguir creyendo en la idea de compartir la vida de su familia de una manera invisible y difusa. Tom desea dedicarse a la acción colectiva y a integrar a su familia en la comunidad.

CLAVES DE LECTURA

UN CONTEXTO HISTÓRICO DIFÍCIL

Steinbeck desea dar cuenta de la realidad intolerable que sufren en su día a día tanto los trabajadores emigrantes procedentes del oeste como los temporeros de la cosecha.

La crisis económica

La novela se desarrolla durante la Gran Depresión, también llamada la crisis del 29. En esta época, los efectos del paro son tan desastrosos que una gran parte de la población sufre malnutrición.

La novela pone de relieve la dura mirada que reciben los pobres en Estados Unidos. De hecho, la tradición individualista americana considera la pobreza como el efecto de una predisposición natural a la vaguedad. Por esta razón, antes de la ejecución del New Deal (movimiento de reformas económicas y sociales de los Estados Unidos a partir de 1933), las ayudas públicas y privadas se distribuyen con parsimonia y de manera humillante, para disuadir a la gente de que recurran a ellas. Por ejemplo, para poder beneficiarse de una ayuda, es necesario realizar previamente un registro en regla del domicilio de la persona con el fin de comprobar la ausencia real de recursos, lo que ocasiona con frecuencia la aparición de títulos vejatorios en las portadas de periódicos estadounidenses dirigidos a los más desfavorecidos, como por ejemplo «el fraude de las ayudas públicas» o «los ladrones de la ayuda para los desempleados». Todo está ejecutado de tal manera que los pobres se sientan avergonzados e indignos.

El Oeste

El Oeste se considera un territorio de libertad gracias a la extensión de sus espacios vírgenes. Estas tierras vacantes conducen al hombre del Oeste al individualismo. Este lugar donde cada uno puede tener su propia granja por el simple hecho de instalarse en ella engendra, por supuesto, una igualdad económica y política; la libertad individual y la igualdad son los valores que subyacen. Así, el hombre del Oeste ya no está dispuesto a asumir las obligaciones legales impuestas y cada uno mantiene el orden tomándose la justicia por su propia mano o asociándose con los demás. El ideal del hombre del Oeste reside en la libertad que tiene cada individuo para trazar su propio destino, y en el rechazo a toda vida política organizada y a los métodos racionales del gobierno.

Sin embargo, la situación es diferente cuando se trata de las tierras áridas. De hecho, ya no es posible tomar posesión de estas tierras con vistas a explotarla utilizando los métodos antiguos del granjero aislado. Se hace necesario implantar costosas obras de regadío e invertir un capital importante e inaccesible para un único granjero. La naturaleza del territorio exige, por tanto, la superación del individualismo a favor del colectivismo, naciendo de este modo un espíritu de emprendimiento y aventura que engendra un desarrollo industrial fulgurante.

La emigración

«El camino 66 es el principal camino de emigración. [...] El

La sequía de Dust Bowl (nombre que hace referencia a la región que va desde Texas hasta Dakota del Sur, que fueron invadidas por tormentas de polvo en 1933) así como el fin de la aparcería y su sustitución por la agricultura industrializada obligan a las familias a huir al Oeste. De esta forma, en épocas de cosecha, 150 000 emigrantes surcan el estado de California sin ningún tipo de recursos y sin hogar. Los residentes les reprochan su ignorancia y su suciedad, y los acogen de una manera hostil, llamándolos de manera peyorativa los okies y comparándolos con monos, lo que no hace más que acentuar el rechazo que causa la miseria y la pobreza, entendidos estos como una falta de mérito. Estos trabajadores temporeros caen en la servidumbre y no tienen ni siquiera derecho a votar.

Steinbeck, como periodista comprometido que es, describe las difíciles condiciones de vida de estos hombres condenados al nomadismo: residen en campos de fortuna llamados Hoorvervilles (en referencia al presidente Hoover, presidente en funciones de la época) comparables a chabolas, son víctimas de la malnutrición, contraen enfermedades diversas, etc. Sufren un proceso de deshumanización progresivo. Asimismo, los granjeros, por temor a las revueltas, contratan milicias armadas, de gatillo fácil, con el fin de que vigilen sus instalaciones. Sin embargo, en 1932 el gobierno federal de Franklin Roosevelt, se decide a ayudar a estos trabajadores despreciados: se crean quince campos, en los que se instalan equipos sanitarios de calidad con el fin de devolver a estos hombres su dignidad. Además, los propios trabajadores son quienes gestionan estas comunidades siguiendo los principios del socialismo.

En sus artículos, Steinbeck propone varias soluciones: la concesión de las tierras cultivables a los emigrantes y el establecimiento de un plan de necesidades de mano de obra temporal en los territorios donde se cosecha con vistas a frenar el fenómeno del desplazamiento masivo de la población y la consecuente caída de los salarios.

Del hambre a la ira

Los alimentos desempeñan un papel esencial en este mundo rural que no dispone más que de lo estrictamente necesario. El hambre simboliza el drama humano.

Las alusiones a la alimentación son numerosas en la novela: «La madre abrió el horno de la cocina y sacó el montón de huesos tostados, adheridos a los cuales quedaban muchos trozos de carne» (Steinbeck 1963, 154). «La madre les ofreció las patatas cocidas y sacó de la tienda el saco medio lleno y lo colocó junto a la cacerola que contenía la carne de cerdo» (Steinbeck 1963, 279). «La madre echó tajadas de tocino en la segunda sartén» (Steinbeck 1963, 543).

La madre aspira a recrear un hogar por medio de la cocina. De hecho, la comida casera invoca el calor reinante en el seno de una familia reunida bajo el mismo techo, oponiéndose a su vez a la comida industrial: «emparedados envueltos en papel encerrado, pan blanco, escabeche, queso, Spam, un pedazo de pastel con rótulo como una respuesta de maquinaria. Comía sin gusto» (Steinbeck 1963, 48).

De hecho, Steinbeck denuncia esta comida fabricada en serie que alimenta a hombres que, debido a la intrusión de la máquina y el tractor, ya no se sienten unidos a la Madre Tierra, que a partir de ahora les parece extraña:

> «Y esto es eficiente y fácil. Tan fácil, que no despierta asombro; tan eficiente, que nada asombra en la tierra y en su cultivo, y con este asombro desaparecen esa comprensión honda y la relación del hombre con la tierra. [...] el hombre máquina, que guía un tractor por una tierra que no conoce ni ama, comprende sólo la química; y desdeña a la tierra y se desdeña a sí mismo» (Steinbeck 1963, 147-148).

Vencer el hambre se vuelve para la familia Joad su primera preocupación: es por esto que el cerdo, como símbolo del hambre saciada, tiene una presencia constante en sus conversaciones. La falta de alimentos provoca también el desajuste de los comportamientos ya que el hambre despierta el egoísmo: al principio de la novela, un conductor de tractor recoge a Tom y le hace ver que para que él pueda alimentar a su familia usando al tractor, otras quince familias mueren de hambre. El hambre obliga a los hombres a olvidar su deber de solidaridad para poder alimentarse, y también a luchar para conseguir la supervivencia de los suyos. Pero la madre no lucha únicamente por su familia: cumple también con su deber de abastecedora para unos niños que encuentran en los Hoovervilles.

No obstante, si el hambre debilita al hombre, también hacer germinar en él un sentimiento de rebelión (en inglés esta idea está incluida en el juego de palabras entre hunger y anger), puesto que el hombre que ha conocido el hambre ya no teme a nada:

> «¿Cómo asustar a un hombre cuya hambre no sólo está en su estómago torturado, son en los maltrechos vientres de sus hijos? No se le puede asustar..., ha conocido desesperaciones que superan todo» (Steinbeck 1963, 301).

La insurrección de los hambrientos es percibida, por tanto, como algo irremediable y casi orgánico: «Y la ira comenzó a fermentar» (Steinbeck 1963, 360).

Todo ocurre como en las reacciones químicas, como si el hambre no pudiera engendrar otra cosa que no fuera ira, aunque vista de una manera positiva, como un sentimiento que une a los individuos, al contrario del hambre, que es capaz de desintegrar una comunidad debido al egoísmo. La ira es señal de vitalidad, una prueba de que todavía hay energía para salir de la opresión, o incluso un remedio para la depresión:

> «Y cuando se reunía un grupo de hombres, el terror desaparecía de sus rostros dejando paso a la ira. Y las mujeres exhalaban un suspiro de alivio, porque sabían que todo

iba bien..., que la derrota no los había alcanzado; y la derrota no llegaría nunca en tanto que el temor pudiera convertirse en ira» (Steinbeck 1963, 553).

El nacimiento de una comunidad

El éxodo forzado de la familia Joad provoca una lenta erosión de la estructura familiar. La madre insiste en la importancia de conservar la unidad familiar y la solidaridad que une a sus miembros: «La unión de la familia es lo único que nos queda» (Steinbeck 1963, 237).

Ma es consciente del peligro que representa el desarraigo:

> «Hubo un tiempo en que nosotros vivíamos apegados a la tierra. Entonces teníamos una especie de frontera, de círculo que nos encerraba. Morían los viejos, nacían otros, y fuimos siempre una cosa, éramos una gran familia, entera y distinta. Y ya no somos los mismos» (Steinbeck 1963, 498).

Como contrapartida, la desintegración de la familia va a provocar el nacimiento de la solidaridad social en los nómadas, que comienza con el acercamiento de los Joad y los Wilson tras la muerte del abuelo: los Wilson comparten con los Joad en este momento difícil una Biblia y una manta. El círculo estricto de la familia queda así fragmentado a favor de la comunidad familiar en su más amplio sentido:

> «Por la noche sucedía algo extraño: las veinte familias habían pasado a ser una sola familia; los niños eran los hijos de todos. La pérdida del hogar era una sola pérdida, y el vellocino de oro del Oeste un solo sueño» (Steinbeck

1963, 246).

Las familias reunidas en torno al fuego de los campamentos se vuelven una gran y única tribu. Con ello, Steinbeck representa la fuerza del grupo humano y aplaude la facultad de adaptación que él mismo considera propia de la especie humana: «Así cambiaron su vida social..., cambiaron como sólo el hombre puede cambiar en todo el universo» (Steinbeck 1963, 249).

La escena final representa particularmente bien la abolición de las fronteras familiares ya que la leche de Rose de Saron, destinada a su hijo muerto, acaba salvando a un desconocido

REFERENCIAS FILOSÓFICAS

El alma suprema (Ralph Waldo Emerson)

Ralph Waldo Emerson (escritor y filósofo americano, 1803-1882) desarrolla una filosofía idealista por la cual el individuo es capaz de entrar en relación íntima con la naturaleza.

La idea la retoma, en particular, Casy y después Tom. El alma humana anima y dirige todos los órganos del hombre. No es una simple función ni una simple facultad sino la base sobre la que todo reposa. Es una inmensidad inalcanzable en la que nosotros no somos nada y ella lo es todo. El alma hace de la inteligencia del hombre algo divino, de su voluntad una virtud, de su afección el amor. El alma sublima al hombre en su totalidad. Esta filosofía incita a tomar conciencia de que el hombre, en su individualidad, no es nada y que tiene la obligación de obedecer a su alma o a su pura naturaleza, y dejarse guiar por ella, por lo que le sobrepasa.

El pragmatismo (William James)

La filosofía empírica de William James (filósofo americano, 1842-1910), el pragmatismo, se basa en la idea de que el conocimiento nace de las diferentes experiencias vividas y a su vez este conocimiento procede de la vivencia de experiencias intermediarias.

Se puede establecer un vínculo entre el pragmatismo y los trabajadores emigrantes deseosos de llegar al Oeste: estos hobos son parte integrante de la economía capitalista americana que se caracteriza por una alternancia entre expansión y crisis. Esta economía utiliza masivamente tanto el despido como el contrato de mano de obra. El trabajador temporal representa este escalón hacia el conocimiento. Dicho de otro modo, simboliza el paso de una experiencia a otra, de la agricultura tradicional a la industrializada: de la experiencia en las primeras comunidades pioneras del oeste, iguales, libres e individualistas, a la experiencia en la industrialización que se hace necesaria por la naturaleza del territorio en un momento en que las tierras fértiles accesibles al hombre se han explotado por completo y donde se hace necesario recurrir a la comunidad (por razones prácticas y financieras para explotar los demás recursos).

El Este contra el Oeste

La oposición ente el Este y el Oeste presenta un gran simbolismo:

- El Este encarna la historia, las obras de arte y la literatura.

El hombre que va hacia el Este camina siguiendo las huellas de sus ancestros;

- El Oeste representa el futuro, el espíritu de aventura y de emprendimiento. La huida masiva hacia el Oeste se asemeja al instinto migratorio de los pájaros y de los cuadrúpedos, fenómenos naturales que afectan también a las naciones y a los individuos en ciertos momentos de la historia.

PISTAS PARA LA REFLEXIÓN

ALGUNAS PREGUNTAS PARA PROFUNDIZAR EN SU REFLEXIÓN…

- ¿Qué vínculos podemos establecer entre *Las uvas de la ira* e *Idilio* de Guy de Maupassant?
- ¿Qué papel desempeña el camión de los Joad en la novela?
- ¿En qué medida *Las uvas de la ira* desarrolla el mito pastoral?
- ¿A qué referencias bíblicas hace alusión el título de la novela?
- ¿En qué difiere la adaptación cinematográfica de *Las uvas de la ira* del libro?
- *Las uvas de la ira* también ha aparecido en música. Cite algunos ejemplos y coméntelos.
- ¿Por qué Ma intenta en varias ocasiones que su marido se enfade?

¡Su opinión nos interesa!
¡Deje un comentario en la página web de su librería en línea,
y comparta sus favoritos en las redes sociales!

PARA IR MÁS ALLÁ

EDICIÓN DE REFERENCIA

- Steinbeck, John. 1963. *Las uvas de la ira*. Traducido por Hernán Guerra Canévaro. Barcelona: Editorial Planeta.

ESTUDIO DE REFERENCIA

- Lemadeley-Cunci, Marie-Christine. 1998. *Les raisins de la colère de John Steinbeck*. París: Gallimard, colección *Folliothèque*.

ADAPTACIÓN

- *Las uvas de la ira*. Dirigida por John Ford, con Henry Fonda. Estados Unidos: 20th Century Fox, 1940.

EN RESUMENEXPRESS.COM

- Guía de lectura de *De ratones y hombres* de John Steinbeck.
- Guía de lectura de *La perla* de John Steinbeck.